KB005573

니, 누고?

안윤하 시집

니, 누고?

안윤하 시집

문학세계사

□ 시인의 말

　　로또 맞을 확률보다 더 어려운 것은, 가보지 않은 길을 갈 수 있는 확률이다. 가보지 않은 길은 과거의 선택이므로 현재 그 길을 선택할 수는 없다. 가보지 않은 길의 하늘에는 안타까움이 빚은 환상의 무지개를 얹어 놓거나, '만약에'라는 조건을 버무려 만든 미련의 함박눈을 길에 뿌려 놓아, 길 위의 장애물들을 하얗게 만들기 때문에 가보지 않은 그 눈길은 아름답다.

—시 「확률 제로」 중에서

2023년 여름
안 윤 하

□ 차례

1 지워진 거울

2 지금은 햇살교를 지나고 있어요

3 먼 길

4 매달려 있는 낙엽

1

지워진 거울

눈길

눈이 길을
하얗게 덮는다

익숙했던 길에도
소리 없이 백내장이 내려
뿌옇게 길이 지워진다

낯선 길로 바라보는
눈길이
부옇게 흐려진다

외기러기의 눈길이
까마득하다

눈물

나는 눈
소리 없이 너의 창가에서
초저녁 성에꽃으로 핀다

밤이 새도록
불 꺼진 창문을
바라보다가

햇빛에 반짝이는
너의 웃음소리에
겨드랑이 헐거워진
나는
새벽 새소리에
속절없다고

스르르륵 녹아내린다

지워진 거울

거울에 비친 얼굴을 보고
'니, 누고?' 하던
요양원의 할머니

가끔은
자신을 알아볼 수 없고
거울이란 것도 몰랐으면 좋겠다던
그 할머니

개울에 비친 얼굴에
마음을 빼앗긴다

지독한 나르시스다

몇 마리 버들치가
주름살도, 흰머리도
지우고 달아났기 때문이다

소녀적 얼굴만

어리연꽃으로 남아
물살에 흔들리고 있다

겨울 바다

너는 수평선 건너에 있고
나는 여기에서 파도의 고독을 씹는다

너에게 가려고
목이 쉬어도 잠시도 멈출 수 없이
높이 튀어 오른다
뾰족한 바위섬에 부딪혀서라도
얼지 않고 증발한다

칼바람 불수록 더 세게 맞부딪혀
끊임없이 바스러지며
별빛에 씻기고 바람에 닦여서
상념 덩어리, 구름으로
우울을 지운다

떠다니다가, 떠다니다가
두꺼운 옷소매 밖으로
네가 흰 손짓을 하는 그날에
첫 봄비가 되리라

뼛속 깊이 너에게 젖어
스며들리라

서쪽으로 가는 노을

5월, 저녁 비행기 타고 시베리아를 횡단한다
서쪽으로 가는 해를 비행기가 따라간다

날개가 일으킨 바람이 창문에 시시각각 얼어붙는다
침엽수림은 부옇게 펼쳐지고 나무들 사이로 잔설이
그렁그렁 남아 눈시울이 붉다 침엽수 사이로 눈보라에
휘말리며 몸부림치던『유정』*의 주인공을 상상한다 라
라**가 눈 덮인 시베리아에 푹푹 빠지던 영화의 한 장면
도 떠올린다 성에 핀 유리창이 붉게 물든 툰드라의 동
토를 지긋이 바라보고 있다

한대지방의 오월, 농토를 깨우는 불이 곳곳에서 연기
를 푸푸 품어 올린다 아직도 언 강들이 저문 빛을 반사
하여 불거진 핏줄, 저녁 강은 고목의 마른 가지처럼 대
지의 여기저기 가려운 곳을 긁고 있다

비행기가 시간을 따라 서쪽으로, 서쪽으로 가면
그치지 않고 도는 이 피는 도대체 무엇인가

여전히 지지 않는 노을이
얼어있던 가슴과 등 사이 뜨거운 길을 내고 있다

* 이광수의 소설
** 보리스 파스테르나크의 소설 『닥터 지바고』 등장인물

공중 꽃밭

아파트라는 회색 울타리에 갇혀
온라인으로 잎과 꽃을 반반
배달해 달라고 한다
당신과 나의 축제에 쓸
꽃양귀비 암술 하나와
한 쌍의 노랑나비 더듬이도 주문한다
한 아름 연둣빛 잎사귀에서 석방되어
꽃을 안고 달려간 골목에서
스치는 사람들과
손으로 입을 가리지 않고도
함께 숨 쉴 수 있는 일상의 봄
활짝! 핀 꽃밭을 주문한다

저 구름 위 꽃밭으로 날아갈
항공권 한 장도 주문한다

석양

두고두고
햇빛 비춰주고 싶어서
속상한 말 쓰다듬고 싶어서
몰래 기대어 울 수 있는
등이 되어주고 싶어서

개망초 자욱한 언덕 지나
해는, 맨발로 산을 넘는다

지나온 발자국마다
못내 아쉬워 자꾸
멈칫멈칫 뒤를 돌아본다

가만두어도 산 능선은
저절로 눈시울 붉다

선물을 받다

레이저프린트기와 A4 용지 한 박스
최첨단 녹음기와 16기가 USB와 chatGPT

말로 할 수 없던 생각들이 압축되어 쌓인
지하실에 꼬마전구 하나 켜진 듯하다

희미한 불빛 비추는 창고는 가득 찼고
진공 포장된 말들은 분류되지 않은 상태
끄집어내어 아무렇게나 펼쳐놓았다
포장을 뜯으면 말들이 꿈틀댈 것 같은
오래 낡은 창고 먼지와 겹겹이 쌓인 문장들
선별과 선택작업은 기준 없이 뒤죽박죽되어 갔다

이야기를 만들어 내는 기술의 미숙함에
쇠퇴한 기억력이 수시로 찔러대는 몸
늙은 눈에는 남은 시간이 부족하고
쇠퇴해 가는 뇌세포를 대신해
뺏어간 젊음을 chatGPT가 채워 준다

오늘 내가 받은 것은 시대가 내린 선물인 듯

열려라, 명자꽃

뜨거운 봄기운이면
너의 입술을 열겠나!

꽃샘바람 요란하게 뒤척이던 밤
동트기 전 기어코
몸부림치며 저항하는
너의 입술을 덮치고 말았다

꽃을 여는 새벽의 불덩어리
화두를 던지고 간 것은
봄바람이었나

어둠을 찢고 나온
혈흔, 그 봄의 첫 핏빛

이슬에 젖어 피었다
그것도 활짝

목련

속속들이 흰
소식이 잠시 잠깐 핀다

잊고 살다가 문득 꿈틀대는 꽃잎이
껍질을 뚫고 나오지 못한다
궁금한 채 머뭇거리던 날들
돌돌 말려, 켜켜이 압착된 봉우리
풀고 보니 봄이다

묵은 감기로, 떨쳐내지 못한 기침
다발로 터져 나온다

솥뚜껑을 뒤집어 화전을 굽던
무덤덤한 너에게
말갛게 우려질 목련차
바람으로 덖어 보낸다

깊이 잠겨있던 날들이 터져 나와
보얀 얼굴로 웃는 너의 안부 뒤꿈치에

밤새 쿨럭이던 꽃잎이
이제야 시나브로 떨어진다

달집태우기

금호강 둔치에 장작더미 쌓였다
불의 날개가 펄럭이며 올라간다

한지로 여러 겹 싸 온 속옷을
불에 집어 던지면 풀석! 튀는 불똥들
불티는 높이 올라가다가
수명 다한 반딧불이처럼 사그라든다

지나간 어둠은 모두 재가 되어야
둥근 달 품속까지 날아갈 수 있다는 것
맑디 밝은 기운만 흘러들고, 흘러가는
금호강 물소리에 귀 열어두고
연신 두 손 모아 고개를 숙인다

불 앞에 세운 뿔 녹이는 사람들 얼굴은
근심 걱정 태운 후련함에
배란기에 든 달의 몸처럼 뜨겁다

집으로 가는 길 1

붉디, 붉다가 목이 쉬어가는 단풍잎이
가지를 붙잡았던 손가락을 하나씩 편다

결단의 순간, 손가락을 외면한다

마지막 비명은 짧을수록 좋다

집으로 가는 길 2

갈수록 낮이 짧아진다

집으로 돌아가는 길 위에서
자꾸 뒤돌아본다

어스름 내려앉은 벽화 속
졸고 있는 파리처럼
정지된 시간들

오고 감이 다 씁쓸하다

집으로 가는 길 3

가지에
새끼손가락으로 매달려
훅, 날려갈
찬 바람이 맵다

이제, 메마른 초침을 놓아주고
봄 여름 가을
계주의 마지막 주자처럼
겨울로 달려간다

골목을 돌아
깜깜한 집으로 돌아간다

쓰리다, 명치 끝이

겨울 망막에
첫눈이 내렸으면 좋겠다

노을

왼쪽 갈빗대 사이로
피가 왈칵 쏟아져
동심원으로 짙게 물들이고
흰 구름 언저리로 번져나간다
여미진 구름 속을
볼 수도 없고
볼 사람도 없다
보지 않았는데 보이는 가슴은
아마…

내가 아픈가 보다
좀 많이

칵테일

순수함을 혼합하면 어떤 새로움이 될까

바텐더는
보드카에 커피를 섞어 흔든다, 반복적으로
조명은 머리 위에서 현란하게 부서지고 있다
밤하늘을 휘젓는다,
마치 은하수 한끝을 잡은 듯
부서진 조명 파편을 온몸으로 섞는다

간혹 별 하나 따서 맛에 첨가하는 듯한 몸짓
두 팔을 크게 휘둘러 뫼비우스의 띠를 형상화한다

그는 나의 잔에 은하수를 채운다
혀끝을 자근자근 누르는 새로운 맛과 향

바텐더의 몸짓을 혼합한 밤하늘에는
매일 새로운 별이 나타났다가는
거품처럼 사라진다

2

지금은 햇살교를
지나고 있어요

골목과 옛날식 연인

깜깜했다. 검은 고양이 눈이 귀신불처럼 섬뜩할 만큼. 서툰 연인이 처음 손을 잡을 수 있었던 것은, 서로의 얼굴을 볼 수 없는 어둠 때문이었다. 그러니까, 용기를 낼 수 있는 절대적 환경은 골목의 어둠에 있다.

집으로 가는 골목에서 남자는 긴장하는 숨소리를 뿜기 시작했다. 집이 가까울수록 숨소리만 커졌다. 가로등이 있는 길을 피해 돌았다. 곳곳이 얼어있는 골목길을 미끌거리며 더듬었다. 그는 담에 여자를 밀며 얼굴을 덮쳤다. 여자는 코와 인중이 그의 입에 막히자, 급작스럽게 반응하는 재채기

신발이 미끌, 덩달아 몸까지 균형을 잃었다.
고양이 소리 '야옹'이 그녀에게 천둥소리 같았다.

골목마다 가로등 밝고
고양이 눈보다 선명하게 깜빡이는 시시티뷔
골목의 맥박도 숨소리도 여전히 고르기만 하고
요즈음 어린 연인들은 어디에서 첫 입맞춤을 할까.

한여름의 건강검진

한여름으로 들어가는 길목
아직은 참을만한데, 점검 중 에어컨이 고장이라네요
아끼느라 오래 사용하지 않던 에어컨을
새로 사야 하나 말아야 하나……

사용하지 않아도 가스는 새어 나가고
사용 연한이 지나서 부품이 생산 중단되어
AS가 불가능하대요

장기 기증하려고 해도
사용 연한이 지났다고 받아주지 않던데
내 몸이 고장 나고 기가 빠져나가면
부속품을 새로 살 수도 없으니
우두둑거리더라도 억지로 써야겠지요

죽으면 썩어질 몸
살아있을 때 부지런히 몸을 써서
나를 둘러싼 그대들 덥지 않게
시원한 바람 쌩쌩 불어내야겠어요

항복

깎깎 우짖던 직박구리와 눈 마주쳤다
짝을 불러들여, 둘이 합심해서
나를 향해 꺄꺅까꺅 고함지른다

오래 비워두었지만 내 집이다 집을 지을 때 4층까지
흙 짊어지고 올려. 정원을 만든 사람도 나다 쥐똥나무
도 심었고 해마다 거름 주고 전지하며 이쁘게 키운 것
도 나이므로 소유권은 내게 있다 둥지는 너희들이 지었
다고 하지만 그건 내 허락받아야 하는 거야

보증금을 내라거나 월세를 내라거나 집을 뜯으라는
것도 아니고, 이사하라는 것도 아닌데 웬 난리냐 적반
하장도 유분수지, 눈에 띄기만 하면 쫓아내지 못해 안
달하는 모습에 나 커튼도 못 열고, 햇빛도 못 보고, 창문
도 못 열고, 청소도 못 하는 이게 뭐야

나무에 물도 못 주게 하고, 너의 시야에 얼씬도 못 하
게 하면 우리는 어떻게 같이 살겠니

금 그어 놓고 같이 살면 안 되겠니? 꺍

그러면 소송하자. 꺍꺍

그래! 알았다! 꺍

네가 산모니까 내가 참을게

네 눈에 안 뜨이게 숨어 살게

반말도 안 할게…

요

까––ㄲ

꽃길일 줄 알았다

오래전 누워서 뱉은 침이
지금 내 얼굴에 떨어진다

나름 정의로워 외친 직설일지라도
메아리로 돌아와
귓가에 왕왕거린다

부케처럼 던졌던 시들도
땡볕 지렁이처럼 길가에
널브러져 있다

깨금발로 마른 땅 골라 밟다가
발로 밀어 옆으로 치우며
길을 걷는다

앞만 보고 뱉은 침
나도 모르게 파편처럼 튀겨
옆이 겹쳐져 있어
벌을 받으며 가는 길이다

쓸며 가야 할 길목마다
수숫대 빗자루를 놓아둔다

커피로 본 인간학 개론

목구멍부터 항문까지의 온도로 달궈낸 커피콩
똥으로 밀어낸 것이 화근이었다

산짐승들이 똥으로 배설한 커피가 향이 깊자
수요가 폭발하였다
화산재 날리는 산자락을 뒤져
드물게 찾아 모은 커피나
사육한 짐승이 배설한 커피도 나름
고통의 맛이리라

사람들은 커피나무를 심고
굶긴 고양이나 다람쥐를 끈으로 묶어 키웠다
심지어는 우리에 가둬두고 커피만 먹여
똥을 누게 하였다

일명 루왁 커피가 그것인데
포장 봉투에 다람쥐가 그려졌다
다람쥐가 더욱 크게 그려진
똥 냄새만 입힌 짝퉁 커피가 나타나고

인간들은
똥 냄새나는 이걸 서로 먹겠다고
밀고 당기고 쥐어뜯고 싸울지도 모를

'내 이럴 줄 알았다'고
들짐승 한 마리
충혈된 눈알을 굴리고 있다

반도체와 시

얇고 작고 섬세하고 풍부한 그것이
쉽고 짧고 아름답고 깊은 그것이
2022년 인간이 창조한 5나노 칩
서정적인 아날로그 시를 좋아하는 나는
내가 쓴 시를 당신이 혹시 못 알아볼까 봐
토씨를 좀 더 많이 붙이고
논리적 설명 좀 덜 한 언어를 쓴다
초성을 딴 축약 단어는 쓰지 않고
길더라도 원래 단어를 고집한다
사람들 많이 바라보는 방향으로
나의 시선을 정해놓고 쓴다

이렇게 쓴 나의 시를 5나노의 AI는
남은 평생 설계하지도 못하고
죽을 것 같은, 나의 시를 두고
'당신의 시는 쉽게 이해할 수 있으니
이름 없는 시의 탑 기저부는
될 것 같다고' 말해주면 좋겠다

유용한 빗금

나무 도마 위
칼날이 그어 놓은
그 수많던 빗금들은 어디로 간 걸까
당근을 두고
편썰기 채썰기 무늬썰기
버튼 하나로 해결되던
조리기의 시절도 어느새 지나가고
지금은 스마트폰으로 주문하면
원하는 대로 모두 잘라져
새벽이라도 배송해 주는 그런 시대이다
오래 써서 우묵해진
흠 많은 나 또한
청동기 시대의 유물 빗살무늬 토기처럼
머지않아 박물관에서 보게 될 것

지금은 햇살교를 지나고 있어요 1

　바위 모서리에 곤두박질하며 보현산 골짜기 내려올 때, 쌍무지개를 그렸지요. 자양댐에 갇혀 제자리걸음으로 선 채로 썩어 증발하는 위험에 놓이기도 하였지요. 장마에 휩쓸려 강둑을 넘었고요. 메마른 가뭄에 바싹바싹 타서 저의 앙가슴이 쩍쩍 갈라지기도 하며 세월을 견뎌왔지요. 돌쩌귀를 흔들며 자칫 발 잘못 들여 늪에서 허우적대다가 하양에 도달하고 노랑어리연 둥둥 뜬 물가에 다다라 잠시 숨돌릴 틈이 생겼지요. 지금은 고모재 옆을 지나며 얕고 폭넓은 강물로 느리게 흘러가고 있어요. 햇살교를 지나고 있지요.

지금은 햇살교를 지나고 있어요 2

고모령이 깊게 잠영하고 있어요. 고요한 수면처럼 보이지만 겨울 철새들이 넓적한 발로 제 속을 헤집어 묵은 상처를 들쑤시고 있지요. 청둥오리들이 거꾸로 입수하여 내 머리를 쿡쿡 치고 있어요. 물닭은 뾰족한 말로 내 귀를 후벼 파고 있지요. 누구나 자신이 흘러온 물길은 험하고 가파르고 거칠다고 하죠. 그러나 숨결로 알아요. 서럽지 않은 인생이 어디 있을까요. 저도 거친 숨결로 물결치고 있어요. 그나저나 제 삶도 끝이 보여야 할 텐데요. 곧 팔달교와 하구연을 지나 강창에 다다르면 아이들을 낙동강에 합류시켜야 되겠지요. 새로 만나는 물과 어색하지 않으려면 떠나온 후미는 부끄러운 흔적 따윈 남기지 말아야겠지요.

눈싸움으로

눈 쌓인 금호강에서
가마우지와 대치하는 왜가리가 있다

오른발 뒤꿈치를 살짝 들고
눈 깜빡하지 않고 째려보다가
왜가리는 긴 부리로 눈을 찍어 던진다

눈가루가 반짝이는 강바람 너머로
허겁지겁, 가마우지는 도망친다

추위 속 싸움은 눈싸움으로 할 일이다

냉랭한 비수기에 접어든 시장 사람들
한 먹이를 두고 다투며 대치하다가
차고 묵은 마음들을 단단하게 뭉쳐 던진다

포물선을 그으며 묵직하게 날아가는 눈덩이
켜켜이 벗겨지는 분노의 비늘이
응집력을 잃고 사방으로 흩어진다

물컹한 등에 부딪혀 폭죽처럼 하얗게 터진다

추운 줄도 모르고
던진 사람이나 맞은 사람이나
기어이 웃음소리가 터진다

눈싸움으로 생기를 찾은 가마우지
어디로 어떻게 솟구칠지 알 수 없는
머리를 강물에 담그자
멀리서 응시하던 왜가리도
삼각주 돌무더기에 언 발을 담근다

달빛*, 그리고 태백산맥

뀐 현상이라고 하지요

빛고을에 서풍이 돌며 무성한 소문들을 부추기지요
  (먹구름이 서사면에 검은 비를 떨구어 홍수를 일으
킵니다)
  쓸려간 삶은 태백산맥 때문이라 하지요

달구벌로 몰려 내려오던 메마른 바람은
뜨거운 입김으로 회오리칩니다
가라앉은 소문을 다시 들쑤시자
압력밥솥 같은 여름, 열대야로 잠 못 이룹니다

구름 아래 무지랭이들을 이간질하던 높새바람들은
산봉우리를 징검징검 뛰어
실웃음 감추며 서울로 가고
서로 태백산맥 탓이라고 합니다

바람의 부추김에 어색한 사람들

달빛 아래에서 손잡으며
퓐 현상 탓이라고 하지요

* 달구벌과 빛고을 줄임말

군함도 말년

그녀의 시간은 정지되었어도 바람은 불고
머리카락은 댓가지 위 살랑거린다

진혼제 징 소리 따라 바람이 닫고 가는 곳마다 후두둑!
달빛 떨어져 찍는 발자국에 이슬의 흐느낌도 젖어 들고
촛불도 흔들린다

소지 종이에 불붙여 두 손으로 받들어 올리면
정조라거나 망신이거나 억울함이 검은 재로
공허하게 허공에 떠다닌다
잎새 사이로 숨어들던 달빛과 연기가 만나
가진 것 없이 쥔 주먹, 스르르 풀어놓고 흩어진다

시간은 유물이 되기도 하고
딱딱하게 굳은 아픔이 되기도 하며
선착장의 시간은 까맣게 쌓인다

쓸쓸해도 외로워도 서러워도
바닷바람에 앞 머리카락 살랑일 뿐, 군함도에서 그녀는

달 밝은 날이면 목 길게 빼고는 서쪽으로, 서쪽으로
파도를 밀어 보낸다
넘실대는 물이랑마다 하얗게 달빛 부서진다

나는 여기 군함도에 있으나, 동해 긴 해변으로 가서
소지 종이 하얀 재로 파도치려니
나의 나라 동해에서 하얗게 파도치려니

그녀의 시간은 정지되었어도
바람은 불고 머리카락은 다시 살랑거린다

손길, 쓰담쓰담

유리창에 호호 입김 불어,
손가락으로 너의 머리를 그려
쓰담쓰담

닿을 수 없는 너, 잠결의 인기척은
나의 긴 팔이 너의 길을 쓰다듬고 있음이지

아이는 오늘도 이력서를 메고 나간다
엄지발가락에 끼인 희망과 미간 사이
망막한 첩첩산중 길을
돌아, 내려오는 절망의 진동은 얼마나 무거울까

무거운 침묵은 유리창 넘어서 흐릿하고
닫힌 유리창 턱을 넘어오지 못한다
유리창을 닦는 것도, 꽃 화분을 들여놓는 것도
부질없음이어라

먼 길 걸어온 너의 종아리를 쓰다듬는다

너의 걸음마다 따라가는
손길, 쓰담쓰담

주름 깊은 손

환자복 소매에 깡마른 손이 달려 있다
틀니를 빼고 요양병원 창에 붙어있는
남자의 걱정이 깊다

치매 앓는 아내를 돌봐야 하는데……
연금으로는 병원비 모자라지 않을까?
영양제는 의료보험이 되지 않는데……

떨리는 처방전을 든 검버섯 돋아난 손이
차가운 전화기를 오래 만지작거린다
기어들어 가는 목소리가 끼어들어
손등 주름 또한 바짝 마른 강물처럼 쪼글하다

'연금은 남아 있응께 걱정 마이소'

돌아갈 수 없는 집을
휠체어 밀고 가서 바라보는 창가
카페 함부르크 네온간판은 해가 뜰수록
빛을 잃어간다

밤새워 일하고 온 늙은 딸에게 전화를 걸어
'야이야! 아이데이
영양제는 안무도 된데이'
바람 빠진 입안의 혼잣말을 중얼거린다

몸에 가둔 말, 술은

술을 마시면 슬프기도 전에
왜 눈물이 날까
알코올에 최루탄을 버무려 놓은 걸까
끓는 송진에 지핀 불, 그을음의 꼬리가 길다
힘 빠진 손발 위로 뚝 떨어지는 눈물을
손끝으로 찍어 혀로 맛을 보면 열기의 맛이다
가장 먼저 북받쳐 오르는 건 입술
꽉 다물고자 해도 자꾸 열려서
입으로 들어온 뜨거운 숨은 횡격막을 달군다
그러니까 술은 어금니를 꽉! 깨문 꽃이다
소리 내지 않아도 증폭되는 물의 보폭이다
낮은 곳을 향해 흘러가다가 고함치는 반전의 환각
나르시스의 폭포에 내어놓은 얼굴이 부끄러워
두 손으로 두 눈 감싸 쥐게도 한다
날숨 뱉어낸 탁자 바닥에 이마를 대고
등줄기 들썩이다가
미소 띤 가면까지 젖는다

종족 보존 방법

호랑이는 자유롭게 혼자 산다
힘이 세니까
하지만 멸종 위기를 맞았다

둘만 되어도 규율이 생기고 안정은 배가 된다
하지만 불편도 배가 된다

집단화된 인간이 증폭되었지만
규율, 규제, 관습, 예의, 법, 헌법 등등의
단어들도 증폭되어
일거수일투족 일탈에 죄를 묻는다

같이 잘 사는 것
그게 최선의 방법이라 믿는다

정말로 잘 사는 방법일까?

3

먼 길

남해 낮달

남해 횟집의 유리창 앞에서 낮달을 본다

투명 유리에 엇각으로 시선을 던진다
유리의 반사로 겹쳐지는 상념들 뒤로
식당의 현실은 선명한 밑그림이다

고인 눈물에 난반사되어
부옇게 흐려지는 시간의 흐름, 그 흐름의
물 어귀마다 죽방의 그물이 팔을 벌리고 있다
씨알 굵은 사유들이 그 품속에 들었다가
빠져나가지 못하고 걸린다
그물에 투과되는 햇빛의 끝자락을 따라
달의 무의식이 반쯤 깨어나 어룽거린다

절뚝거리며 뒤따라오던 낙엽이
수면에 뛰어들어 멀찌감치 머뭇거린다
말하지 못한 말이 낙엽 위에 겹쳐져
더 흐릿하게 흘러간다

변명 혹은 독선

머리카락 잘린 나무에게
손톱과 발톱도 자르자 한다

바람 저항을 줄여 준 담장에게
햇빛 골고루 나누자 한다

풀꽃과 채소들과 일정한 거리 둔 여기를
큰 나무는, 안전한 꽃밭이라 한다

그늘에 물과 좁쌀을 놓아두자
경계를 늦추어도 좋은지
품 안으로 파고들어 속닥이는 새들

그늘을 나누어 받았으니, 거름을 주며
친하게 지내자고 한다

보호와 사랑의 경계에도
전염병 예방이 목적이라며
살균제는 흩뿌려지고

검은 손*

석탄을 캐느라 검어진 게 아니라
속이 타서 시커멓다

갱도에서 떨어지는 침출수 한 방울에도
온몸의 신경들이 곤두서고
탄가루를 들이마시며
불안을 꿀꺽 삼키다 보니
막장의 폐포는 공포로 가득 차고
검은 몸에서 배어 나오는 땀도 검다

주검들이 굳어진 바위, 석탄을 캐는 일은
주검의 옆구리에 해머 드릴 칼날을 쑤셔 넣는 일
석탄의 갈비뼈에 쩍쩍 금이 가면
탄광은 몸부림치며 고함지른다.
'아파! 나를 그냥 놔둬! 쩡!
갱도를 무너뜨릴 거야! 쩡! 쩡!'

손을 씻어도, 얼굴을 닦아도 쩡!
귀를 막아도 귓바퀴를 맴도는 쩡––!

갱도가 무너져 죽은 손이 되더라도
당장 입에 풀칠해야 하는 삶이
밀린 학자금에 어깨 처진 삶이
보리밥 한 숟가락이라도 더 먹여야 하는
애비의 삶이

오도 갈 데 없어 속이 시커멓게 타는
막장의 손이다

* 문경의 석탄박물관에 걸려있는 사진

깜깜한 손

막장의 어둠에 집어넣었으나
끝내 빼내지 못한 손이 석탄박물관에 걸려있다.

누런 월급봉투를 외투 속주머니에 넣고 단추를 모두
끼워 달으며 중얼거린다 이번 달에는 꼭 봉투째 마누라
손에 넘겨주리라 고등어 한 손, 풀빵 한 봉지, 큰애 검정
고무신 사 들고 기세등등하게 귀가해야지

시장은 어둑하고 배는 고프고 목은 컬컬하고 선술집
전구가 불그레 작부의 볼이 불그레 밤새 어깨 우쭐대던
검은 손이 불그레 텅 빈 새벽 별이 불그레

또다시 깜깜한 손!
호미로 나물죽 캐는 닳은 손, 밀린 학자금에 발 동동
구르는 텅 빈 손, 또다시 나락의 밑바닥을 긁어야 하는
막장의 저 손*

* 문경의 석탄박물관에 걸려 있는 손 사진

폭설
―전방전이증*

전쟁이 휩쓸고 간 폐허에서 태어나
흘린 밥 한 톨도 주워 먹도록 배웠다
살아남기 위해서였다
옹이처럼 박힌 습관이 척추를 밀어 키가 되었다

여름날 동창생들끼리 여행을 갈 때도
먹다 남은 김밥을 냄새날 때까지 들고 다닌다
종래에는 검색대 앞에서 마음 편하게 버린다

버려야 하는 옹이를 끝내 버리지 못하고
요추 4번과 5번이 서로 의견이 맞지 않아
찌푸린 눈살을 맞아도

아까운 옹이 버리지 못한 허리는
그래도 꼿꼿이 세우고 다닌다

* 요추 위치가 변경돼 척추가 어긋난 허리 병명

가방과 명화 사이

위드 코로나로 동창 여섯 명이 들떠 와자하며 '갤러리 산'으로 가고 있다. 그날 치의 기분을 담은 에코백 표면에는 낯선 풍경을 만날 때마다 눈이 커지는 '붉은 옷을 입은 소녀'*가 프린팅되어 있다.

가방을 무릎에 놓고 버스를 타고 가는 나는 그림을 쓰다듬는다. 그림 속 소녀의 기분을 오늘 날씨로 읽는다.

"니! 그 가방 얼마 주고 샀노?"
"어-, 만 원."
"명화를 만 원 주고 샀나?"

"그라마 내, 그거 이만 원 주께 팔아라"
"경매 부치야 되겠네"
"고마, 가방은 자가 돈도 마이 냈으이께 자 줘라!"
이구동성이었다.

가부좌 틀고 '산' 명상관에서 명상한다.
이쪽도 저쪽도 함께 담을 수 있는 건
검은 비닐봉지, 속도 속속들이 보여주지.

어차피 줄 거면, 탈탈 털어 뒤집어야 하지.

소녀의 품 안에 담았던 내 소지품은
그렇게, 검은 산의 버스럭거림 속으로
기분 좋게 옮겨지고
"자! 명화 한 폭 선물하께"

* 화가 이인성의 그림

부리의 생김새에 따른 생존방식
—뇌성마비 8

참새는 짧고 뾰족한 부리로 일당 찾아 연신 머리를
끄덕인다

집오리는 짧고 뭉툭한 부리로 출근하여 끊임없이
자맥질하고

저어새는 긴 넓적부리로 발품 팔며 물풀을 뒤적인다

백로는 길고 뾰족한 부리로 종일 서서 낚아챌 고기를
기다린다

그들은 모두 모이주머니에서 게워 낸 먹이로 새끼를
키운다

황조롱이는 송곳니보다 날카로운 부리로 살을 찢어
짝짝 벌리는 새끼의 입에 넣어 준다

멸종 위기 새, 듬뿍이는 부리 끝이 구부러져
모이통에 담긴 미꾸라지를 집어 먹기도 힘들다

새들도 뇌성마비에 걸리면
우리, 모두가 보호해야 하는 이유다

하목정*의 붉은 구슬
—뇌성마비 10

겨드랑이 부축한 가을이
하목정에 오른다

한 남자 칵! 칵!
빨간 기침 떨어뜨리는
배롱나무를 한참 보다가
아들을 안고서 창 향해 앉는다

창틀에 기댄 여자는
글썽이는 미소로 그들을 바라본다

세상 구석진 이야기를 가득 담고 지는 해는
아들의 눈동자 속에서 붉은 구슬로 구르고 있다
여자의 볼을 타고 굴러떨어지는
눈물도 구슬로 본다

글썽이다 굴러떨어진 구슬이
풍덩 흘러든 강에는
노을이 하염없이 붉다

축 늘어져
마지막 숨을 몰아쉬는 아들에게
가야 할 길이 얼마나 아름다운지
지는 해가 보여주고 있다

* 임진왜란 때 의병장 이종문이 세운 정자. 낙동강 하얀 모래사장
  을 전망으로 두고 있으며, 지는 노을이 아름답다고 '하'는 노을
  하霞를 쓴다.

무지외반증

그녀는 4.5kg으로 태어났다

유리 어항보다 커진 금붕어는
억눌리고 비틀려서 머리 돌리기조차 어려웠다
길고 좁은 터널 비집고 나오느라
비늘이 벗겨지고 살갗이 벌겋게 긁혔다

크다는 것! 그녀는 매일 규격화된 기성품 구두에
발을 구겨 넣고 등교해야 했다
소매나 바지를 삐져나오는 손목과 발목
관습의 틀을 깨고 튀어 올라온 꿈과 생각의 정수리를
나는 두더지 방망이로 때려 넣었다
거북의 목으로 움츠리는 순간에도
슬픔과 아픔에 대한 이해는 애초에 서로 간극이 커서
그녀는 혼자 끙끙거렸다

기성품의 규격에 끼워지지 않는
삶, 쥐어짜여진다

끙끙 앓지도 못하고 아프게 살아간다.
무지외반증을

2020 오월, 번데기 일기

이제까지 나는 나비였을까

알 수 없던 나를 알에서 꺼냈다
가늠할 수 없는 무게로
살을 키우며 기어다녔다

견고한 껍질 속에서
어둠을 엮어 만든 날개를
이제야 *끄집어낸다*

백일기도로 껍질을 찢고
푸르른 여명이 솔잎 사이로 부서져
움츠린 더듬이를 비출 때
오월, 봄을 건너 내일의 나는
황금빛 햇살에 날갯짓하는
노랑나비가 될까

새벽 명상에서 뽑아낸
끈적한 말들과

겨드랑이에 감춘 겹겹의 파도에서
뼈까지 푸르러진 날개를 펼치고
날아오를 수 있을까

먼 길

도목수는 서쪽 벽에 창틀을 만들고
담에 문틀도 세웠습니다
이중의 틀 속에
백사장과 낙동강이 길게
흘러들어옵니다
지는 달이 스러져 들어오고
달빛은 강을 따라 들어와 나에게
월주를 던집니다

마루에 앉아 큰 숨을 뱉어내면
단전에 오래 머물던 바람이
창문을 열고 쪽문을 나가
모래사장에 발자국을 찍습니다

하목정 마루에 앉았다가
탱자 울타리를 훌쩍 넘어 떠나며
강물 속으로 가라앉는 달의 먼 길이
반짝거립니다

화사花死

몸 안으로 든 노을이 얼어
캬캬 각혈하면서도 엄마는
겨우내 꽃을 기다렸다

멈춰지는 숨을 몰아쉬다가
한 송이 매화 피었다는 말에 캭!
홍매화를 피웠다

이제는 아랫목이 아니라도
노을은 얼지 않는데
손 시리지 않고 차린 제사상에도

매화가 또 핀다

별이 빛나는 밤*

고흐, 그는
밤의 한가운데를 유성으로 가로질렀다
별들이 휘몰아쳐 떠나가도 잡지 못했다
가래 섞인 한숨을 어둠 속에서 토해냈다

늘 숨죽였으므로
검푸른 소용돌이가 그 밤의 밑그림이었다
숨구멍을 향한 간절한 소망의 회오리였으리라

고흐, 그는
어둠을 헤쳐오는 별들과
시퍼런 눈물을 쏟는 인생과
검붉은 유혹에 헤매는 젊음들이
제자리를 맴맴맴 맴돌고 있을 때도
북극성 네거리에서
어깨 웅크린 채 서성이고 있었다

나도
해 뜨지 않는 창가일지라도

머리를 들어 하늘을 쳐다본다
캄캄할수록 또렷한 염소의 눈으로
별을 보고 있다

* 고흐의 그림

증거인멸 되다, 남산동

반월당에서 보현사 지나
대도극장 앞 단팥죽점방 지나
남문시장의 사탕가게 지나
닷새 만에 열리는 우시장 지나
물비누 팔던 비누공장 지나
도랑의 작은 다리를 지나
청포도 열리는 포도나무집이 있었다

앞길에는 심인당 신도들로 붐볐고
샘물 길으러 동네 사람들이 수시로 드나들었다
남산동 587번지였다

도랑은 복개도로로 포장되고
우전은 차량 부품 거리가 되고
인쇄하는 집들로 골목은 확장되어 가고

도로명 주소로 개명되었어도
노쇠한 채로 남은 남문시장은
쫓아낸 파리로 붐벼도

2019년 남산동은 찾을 수 없다

흔적은 모두 인멸되었다

삼월 유리창

닦는 것이 아니라 ㄸㅏㄲ는다

겨우내 뒤집어쓴 소문들은
98%가 미세먼지였다
거짓과 허위로 빙글빙글 돌아가며
바람의 달, 삼월은 왔다
구인 광고를 향해
수백의 봉오리들이 소리 없이 뛰어들고

동백은 모가지째 떨어진다

봄맞이 대청소했건만
봄이 오지 않는 건
투명도 때문이라고 우기며
다시 닦고 또 ㄸㅏㄲ는다

넘어오지 못하는 봄을
꽃이 피지 않는 봄을
부옇게 흐려진 동공을

면접 보러 간
새싹은 머리 푹 숙인 채
정지되어 있다

쿵, 쾅

어릴 적 잠든 엄마의 주머니에 넣던 손
아직 손이 주머니 근처도 가지 않았는데
숨소리는 태풍 소리
심장은 쿵, 쾅 치는 천둥

털어낸 기억으로 미루어 볼 때
달성공원 숲에 앉아 둘이 숨죽여 안고 있을 때
고양이 발자국이 지축에 울리는 쿵, 쾅.
남의 시 한 줄에 손 넣는 쿵, 쾅

감히 지폐는 건드리지 못하고
동전 하나 잡으려고 바르르 떨던
쩔렁! 소리를 내면 절대로 안 되는

코 고는 척하며 짐짓 엄마가 돌아눕던

실패해야만 하는 밤

동무

"잘 있나? 가을이 가기 전에 복음고등공민학교 자리
에 가볼래?"
"그래! 우리가 자원해서 봉사했던 그 야학 말이제!?"

파동 개울은 '신천'이라는 이름으로 우리들의 시간처
럼 흘러가고 있다. 우리의 시간은 허리가 아프고 무릎
이 삐걱거리고 단어가 빨리 생각나지 않은 상태로. 길
이 거기 있어 그냥 더듬거리며 걸어간다

신천은 오십 년 전의 맑음을 회복해, 낙엽이 굴러가
는 것도 깔깔. 웃음소리로 바꾸며 재바르게 흐른다. "그
래, 많이 변했겠지만 가보자. 법왕사가 생겼는데 그 앞
에 징검다리가 놓여 있더라" 징검다리에서 "그래 고등
학교 시절로 돌아가 보자"

우리는 서로 기억의 영상들이 비슷해 가까운 위치에
가면 잔상들이 자석처럼 끌린다.
'그래' 단어를 많이 쓰며 같은 속도로 걸어간다

4

매달려 있는 낙엽

국수와 꼼치*가 있는 저녁 풍경 1

상을 차리지 않아도 대청마루에 원형으로 둘러앉는 저녁, '꼼치'란 단어를 우려먹었다. 가닥가닥 말려진 식구들을 하나로 묶이게 했다.

넷째 언니가 양철 냄비에 물을 끓이기 시작하면 나는 남문시장으로 뛰어간다. '언니! 국수 삶기 시작했어!'라고 말하고 뒤돌아서 냅다 뛰어 국수를 사 왔다. 엄마는 샘물을 길어 콩나물에 물을 주고 있었다. 두레박을 기울여 조금씩 물을 부으며 왼손을 좌우로 빠르게 흔들었다. 물방울이 튕겨 떨어지자 대가리 쳐든 잎 노란 콩나물들이 받아먹었다.

그걸 처마 밑의 제비 새끼들 같다고 생각하며 난 가쁜 숨을 몰아쉬었다. 냄비에 하얀 물거품이 끓어오르고 찬물에 풍덩 국수들이 뛰어들면 튕겨 나가던 물방울이 작은 무지개를 만들기도 했다. 연탄불 위에서는 멸치 물이 끓는다. 손으로 일 인분씩 휘감아 채반에 동글동글하게 얹혀 물이 빠질 때 동생의 시선은 국수에 꽂힌 채 걸레질 시늉만 한다.

* '꼴찌'의 토속어인 '꼼빼이'와 '치우기'의 두성 약자

국수와 꼼치가 있는 저녁 풍경 2

둘째 언니가 치마에 붙은 실밥을 툭툭 털며 대청마루에 올라앉자, 모두 마루에 올라와 앉을 때까지 기다린다. 엄숙하게 기다리는 앉음새에 긴장이 흐른다. 젓가락은 이미 꽂혀 있고 모두 숨죽인다. 오직 귀를 최대한 세우고 눈은 젓가락에 쩌억 붙어있다.

"꼼치!" 오빠가 긴장을 뚫고 입총을 쏘았다.

여섯의 입들이 쩍쩍 노란 입을 벌리며 국수를 몰아 삼켰다. 국물이 노란 부리 속으로 꿀떡꿀떡 넘어갔다. 꼼뻬이가 되지 않으려고 열심히 국수를 삼키고 마셨다. 꼴찌는 언제나 엄마였다. 그래서 둥근 자리 치우는 설거지 담당도 늘 엄마였다.

국수라도 있어서 배불렀던 저녁의 은어 '꼼치'가 그리운 건지, 국수를 먹고 싶다. 매일 저녁 국수를 먹고 형제들은 모두 대궁이 실한 밀처럼 쑥쑥 키가 자랐다.

아버지의 눈

1960년 봄, 아버지는 마당 위로 그물을 엮어 포도나무순을 마음껏 뛰어다니게 했다. 짙푸른 그늘을 늘어뜨리며 여름 씨알은 점점 굵어져 주렁주렁 몇 알씩 붉어지는 포도. 넷째 언니가 사다리를 타고 몰래 올라가 붉은 포도 두어 알 따먹다가 툇퇴! 뱉던 설익은 여름이었다. 그날 저녁 아버지의 호통 소리는 온 동네에 뛰어다녔다. 보지 않고도 훤히 알고 있는 아버지, 대청마루에 앉아 침을 삼키던 내게 새까맣게 익어가는 포도알은 아버지의 눈이었다. 포도 따는 날, 이웃에 심부름가며 포도 떼어먹고 입을 닦고 또 닦았지만, 아버지의 눈은 나의 입속에 남아 있었다.

포도가 송이송이 익는 여름
새, 직박구리가 아버지의 새까만 눈을 따먹고는
줄기에 부리를 닦고 또 닦는다.

대청마루 풍경

나무가 마르면 이음새에 틈이 생기기 마련, 검게 반들거리는 대청마루에는 콩나물시루가 세 단지 놓여 있고 엄마는 양말을 꿰매다가 떨어트린 바늘을 나에게 찾아오라고 했다.

마당에 공깃돌 다섯 개를 붙여 놓고 마루 아래로 납작 엎드려 기어들어 갔다. 마루 아래는 회색의 묵은 먼지가 부풀려진 솜처럼 자욱했고 자석에 끌리듯 옷에 달라붙었다. 군데군데 칼이나 젓가락 등이 떨어져 있고 덤으로 동전도 하나 발견했다.

와우! 똥그래진 눈으로 동전을 입에 물고 엄마의 손가락 아래쯤 다가가니 어두워져 바닥을 짚고 궁둥이 쳐들고 머리를 비틀어 올려 마루를 쳐다보았다. 마루 틈으로 빛이 111111자로 나란하게 줄을 서고 있었다.

빛의 줄무늬에 자유롭게 부유하는 먼지들, 찾은 바늘을 입에 물고 얕은 물의 메기처럼 기어 나왔다. 먼지 뭉치들이 머리에 붙어 따라 나왔다.

틈 사이로 비치는 줄무늬 빛에 기대어 기어 온
먼지 자욱한 세월 동안 뒤집어쓴 먼지 뭉치는
가볍게 부유하다 가라앉곤 했다.

작은언니의 잠꼬대
—여자의 삶은 소설책 열두 권이다 6

개구리 개골개골 헛소리한다
헛소리하는지, 진소리하는지, 핏대를 세운다

에미는 홍역 앓는 아기를 업고 만주 벌판을 뛴다
일본 순사에게 쫓길 때보다 더 다급하게,
살려만 달라며 뛴다
왼눈 하얗게 뒤집힌 아기를 업고 휘적이며 돌아온다

애기는, 어둠 속 비틀거리며 첫걸음을 뗀다
전쟁 중 소학교, 둘러싼 머슴애들이 메롱멜롱 돌멩이를
던진다
머리에 피 흘리며 고함 고함질러도 잡을 수 없는
꼬리 잡기
눈물 감추고 교문 밖으로 떠밀려 나온다

긴 어둠의 터널에서 부은 다리로 재봉틀을 돌린다
머리채 잡혀 끌려다녀도 시집에서 쫓겨나지는 않으
려고
재봉틀에 몸을 묶는다

일흔다섯 살의 개구리, 슬그머니 중학교 2학년이다
토. 독. 토. 독 컴퓨터를 치고
껌. 뻑. 껌. 뻑 잊어버리며 중간고사 공부한다

연못 한복판에서 떠듬떠듬 헤엄친다
아직도 개골개골 잠꼬대를 한다
ABCDABCD 고래고래 고함지른다

작은언니에게 돋보기안경은 늘 한 쪽만 필요하다

불붙은 재봉틀
—여자의 삶은 소설책 열두 권이다 13

'남문시장에 불났다!' 어머니와 언니는 미친 듯이 뛰어나가고 11살인 나도 같이 뛰었어요. 시장 안 양장점에는 작은언니가 자고 있었지요. 양장점은 우리 가족의 목숨줄이었어요. 작은언니를 깨워 높이 걸려있는 옷감들을 당겨 둘둘 말아 안기며 '소전 가에 맡겨두고 빨리 돌아온나!' 언니는 고함질렀어요. 그리고 나의 손목을 꽉 잡고, 불 속으로 뛰어 들어갔어요. 불구덩이보다 더 처절한 아우성으로 불의 아귀를 틀어막으려 했지만 역부족이었지요. 불붙은 재봉틀을 언니와 둘이 맞잡고 구해왔지요. 재봉틀의 발에 밟혀 발등이 짓이겨진 것도 몰랐고 내복만 입고도 추운 줄 몰랐으며 불구덩이의 뜨거움도 몰랐어요. 다만 어머니의 뜨거운 눈물에 우리는 가슴이 데었지요. 아버지 돌아가시고, 연탄 두 장을 외상 달라던 어머니에게 아버지의 친구인 연탄집 아저씨가 큰소리로 면박 주어, 냉골에서 자던 날 일어난 불이었지요. 몹시 추워서 더 뜨거운 날이었어요.

해방되면
—여자의 삶은 소설책 열두 권이다 14

불끈한 근육이 우물 속에서
두레박을 감아올린다

열심히 돈 벌어서
해방되면 같이 고향 가자고
훤칠한 조선 청년이
이주민 처녀를 꼬드긴다

주인 없는 만주 벌판은 개간하면 나의 농토. 나무 호
미로 황무지 긁어 개간하자 나의 농토. 닳은 손톱 피가
나도 신난다 나의 농토. 돌멩이는 멀리 버려 넓히자 나
의 농토. 지게에 쓸려 피가 나도 신난다 나의 농토. 땀
이 거름이다 고향 가자, 아끼고 모아서 같이 가자 부모
형제 일가친척 다 모여서 고향 가자

황무지 개척의 노래가
울려 퍼진다
철새 울음처럼

승냥이와 검은 고양이의 시간 통과하기
—여자의 삶은 소설책 열두 권이다 15

해방된다는 소문이 흙먼지로 일어나던 1945년 5월, 국경 검문소의 눈바람은 이민자들의 귀향 행렬을 훑고 지나간다. 만주 쪽 승냥이들의 칼과 조선을 정복한 검은 고양이들의 매운 눈이 낮게 엎드려 다가온다.

남자는 쌍봉낙타처럼 살림을 지고
여자는 소중한 재산인 아들을 업고
고양이의 눈초리를 피해 두 딸은 숨기고

검은 손톱에 졸아든 심장의 북소리와 송곳니 드러낸 고양이의 검색, 휘청이는 다리에 거친 손톱자국, 그녀는 업힌 아들 다리를 꼬집는다 비명 같은 울음이 국경의 시계추를 진동시키고 긴 행렬이 초침 위에 뱅그르르 돌며 웅성인다

고양이의 총구가 뒷덜미를 콱! 밀어 버린다

엎어졌다

코부터 부딪혀 언 땅바닥이 울린다
고개는 뻭! 얼굴 반쪽이 피범벅이지만
전 재산을 빼앗기지 않고
통과하였다

별
—여자의 삶은 소설책 열두 권이다 16

누가
깜깜한 밤하늘에
바늘로 구멍을 뚫었나

꼼짝할 수 없는
신용불량자의 굴레 속에서
은행 카드는 천장을 뚫고 나갈 숨통이었다

숨통이 트여
빛이 새어들고
일어설 용기가 일어서고
살아갈 지표가 반짝거려
터널 끝은 빛의 통로가 되리

막다른 골목 끝에서
어둠 속에 묻혀본 사람들아
밤하늘에 바늘구멍을 뚫어 보라

답답한 가슴에

숭숭 구멍을 내어
타래실처럼 풀려나오는 별빛을 잡고
당겨 올려라
두레박 속의 당신을

순이 랭면*
—여자의 삶은 소설책 열두 권이다 17

만주 이민자로 살던 외가댁
가을걷이한 후 뒤따라가겠노라던 순이 이모는
해방 후 소식이 끊겼다

앞에 둔, 냉면 그릇이 용정에서는 이모인 듯

'명성학교**가 어디 있느냐'고 중국말로 길 묻는
이방인에게
한국말로 길을 가르쳐주는 아이들

살아남은 자가 독립운동가이다
우리말을 잇는 사람들이 역사다
'순이 랭면' 간판을
70년 동안 걸어둔 식당 주인이야말로 애국자다

오래 살아남아
온 세계 낯선 땅에 정착해서
한국말을 대대손손 이어가는 사람들
우리 국민이요, 이모이고 조카들이다

가게 앞 민들레에게도 두 손 잡고 꾸벅 인사한다

* 중국 용정에 있는 70년 된 냉면 전문 식당
** 김약연(윤동주의 외할아버지) 선생님이 세운 학교로 일제를 거부하
  며 간도로 이민 가서 학교를 세우는 데 모든 재산을 썼다고 한
  다. 이민자들의 교육을 담당한 귀한 학교다.

졸업
—여자의 삶은 소설책 열두 권이다 18

언니는 양장 기술자이다. 나는 언니의 재봉틀 소리를 먹고 컸다. 학교도 졸업할 수 있었다. 언니는 나이가 들수록 학교에 대한 열망이 커져 일흔에 한남중고등학교*에 입학하고 과외지도를 받으러 왔다. 고등학교 3학년일 때, 삼차방정식을 가르치며 고래고래 고함지르는 나에게 벌벌 떨며 얼굴 벌겋게 달아오르곤 했다. 그런 날 밤이면 두통에 시달리고 입술이 부르텄다. 벌겋게 달아오른 해가 안절부절못하다가 기어들어 가는 목소리로 "이차방정식은 들으마, 좀 알겠는데 삼차방정식은 도저히 몬 알아 묵겠다."

특기를 살려 디자인과에 가라고 조언했건만 동창 남학생들과 함께 사회복지과에 갔다. 이제 팔순의 언니는 기말고사만 끝나면 졸업장을 받는다. 언니에게는 노을보다 빛나는 졸업장이다. 이마 주름 출렁이는 남학생들과 파크골프를 치며 황혼을 보내고 있다. 늦은 학교생활이 그녀를 한 해씩 젊어지게 한다.

일흔의 도전, 땅거미 기어드는 산마루 앞에 서 있다.

선 채로 어둠을 맞지 않고
산등성이를 넘어가리라.
나 또한 언니처럼

매달려 있는 낙엽
—여자의 삶은 소설책 열두 권이다 19

아카시아 나뭇잎들은 대체로 늦게 돋아 빨리 떨어진다. 아카시아가 주요 수종인 고모령 오솔길에는 겨울 햇빛이 흙 속의 개미집까지 비추는 듯하다. 떨어져 길을 덮은 잎들은 아기 이불처럼 따스하다. 작은 가지 끝에 붙어있는 잎들이 작은 바람에도 쉽게 흔들린다. 잎은 생각이 많아, 미련이 많아 겨울인데도 미처 떨어지지 못한 거다. 웬만한 바람에는 떨어지지 않겠다고 한다.

큰언니는 여든네 살이다. 작은 키에 등이 굽어 점점 더 작아지고 있다. 그녀의 목소리는 여전히 카랑카랑하지만 볼 때마다 쇠잔해진다. 어느 날 "내 나이가 일흔아홉 살 맞제?" 언니가 뜬금없이 물었다. "아니야, 여든네 살이야." 나는 구태여 수정한다. '어느새 여든네 살이라고!' 한다. 오후 내내 '일흔아홉 살 맞제, 아니야 여든네 살, 어느새 여든네 살!' 열 손가락 접었다, 폈다를 되풀이한다.

언니는 양지바른 창가에 앉아, 아카시아나무 가지를 붙들고 세월에 흔들리고 있다.

다시 해방되면
―여자의 삶은 소설책 열두 권이다 20

　떠도는 남의 나라 땅 옥수수야 어서어서 자라라. 감자 메밀 쑥쑥 열매 맺어라. 촘촘히 심자. 해바라기 아침 해 뜰 때부터 별 뜰 때까지 봄 여름 가을 농사짓고 겨울 동토에 낙엽 긁어 거름 묻고 산후조리 여가 없고, 움집 손볼 여가 없다. 첫딸 죽어도 밭에 묻고, 땅을 치며 밭에서 울고, 해방되면 고향 가서 이 한 저 한 모두 풀고 좋은 집 짓고, 비옥한 땅 사고 쌀농사 지어 자식 낳아 배불리 먹이고, 공부 많이 시켜 내 나라 내 땅에서 배 두드리며 살게 하리라.

　그녀 굳은살 손 마디마다 박혀있는 노랫가락들

미용실의 추리소설 1

미용실의 시계는 거꾸로 간다. 숫자가 적혀 있지 않은 시계 판을 보며 데칼코마니 기법을 상상하며 거꾸로 뒤집어 시간을 계산해야 한다. 고객은 거울에 반사된 미용사를 보며 대화를 나누게 된다. 시계와 같은 방식으로 뒤집어 보면 그녀는 왼손잡이다. 그녀가 내 머리를 마음대로 만진다. 내 등 뒤에서 가위와 칼을 들고 아니면 파마약이나 독성이 강한 염색약을 들고 서 있다. 그녀는 세상 사는 얘기로 내 정신을 빼앗고 때로 재미있는 우스갯말로 시선을 분산시키며 목 위의 급소들을 모두 장악한다. 목 아래 팔과 다리는 화학물질 튐을 방지한다는 타당성 있는 논리로 망토를 덮었다. 목 아래는 꼼짝 못 하게 덮혔고 목 위의 급소는 그녀에게 장악된 채 거울을 향해 앉혀졌다. 이제 그녀의 처분만 기다릴 뿐이다.

미용실의 추리소설 2

그녀는 먼저 면도날을 들고 머리카락을 자른다. 저 면도칼은 경동맥을 단번에 찾아낼까!?

가위를 머리 피부가 닿도록 날을 집어넣는다. 스텐리스의 섬뜩함이 목줄기를 타고 발끝까지 전해진다. 독성이 짙은 파마약을 머리카락 전체에 도포하며 롤을 감는다. '저 약을 내 눈 가까이 살포하면!?' 하는 생각으로 조마조마할 때, 그녀의 왼손이 아니, 오른손인가?! 머리카락을 한 움큼 잡고 머리를 뒤로 잡아당긴다.

"약이 이마로 흘러내려 눈에 들어갈까 봐." 그녀는 그렇게 말하고 휴지로 이마에 흘러내리는 파마액을 아무렇지도 않게 닦는다. 이게 무슨 전략인가. 그녀는 나의 오른쪽을 장악하고 비스듬히 뒤를 보고 있어서 표정이 비치지 않는다. 우울증에 시달리는 심리, 한 장면이 거울에 비치고 있다.

척추가 뻐근해도 결말은 늘 싱겁다.
파마는 그런대로 잘 나왔다.

애증의 갈림길

다이어트의 시작을 왜 눈이 많이 오는 날 한다는 것
인지

문밖에 배달된 20kg 고구마 상자를 째려보다가
계단 11개를 올려 보다가
세 계단을 들고 오르니, 어깨 근육에서
눈 쌓인 나뭇가지 찢기는 소리가 난다

몇 계단을 더 올라가다가 바로 놓쳐
발등에 떨어질까 봐 순발력 있게 폴짝 뛰었다

쿵! 떨어진 상자는 한 바퀴 반을 굴러 다시 찌그러졌다

꽉 문 어금니 때문에 날숨 뱉어내지 못하고 씩씩거렸다
맘속으로 딸에게 삿대질하며 테이프를 뜯었다

최상품의 자색고구마가 주르르 굴렀다
상자를 세게 걸어찼으나
내 발만 아팠다

분풀이하듯 애꿎게 눈총 큰 고구마를 들이부었다
그리고는 소파에 벌렁 누웠다

좋은 고구마를 잘 시켰다고 자화자찬하는 딸에게
"니는 살 뺀다 카미 아 머리만 한 고구마를 산더미 겉
이 사노!
그기 얼마나 잘 썩는데!"
버럭 성질을 냈다

비유와 과장을 섞은 논리는 직설보다 여운이 길 수도
있겠다

자살 혹은 자연사

기관지암 판정받은 엄마는 기침하면서도 약을 거부하다가 정신을 잃었다. 식물인간처럼 꼼짝하지 못하는데 쩍쩍 갈라지는 입술에 숟가락으로 물을 한 방울씩 떠 넣었다. '엄마! 물이라도 조금씩 넘겨야 정신을 차릴 수 있다'고 간곡하게 말하며 하루가 지나고 자식들이 우왕좌왕하는 사이 또 하루가 가고 아미타경을 외며 부산을 떨었다. 혼수상태인 엄마는 불편한 표정으로 숨만 쉬고 있을 뿐이었다. 혹시나, 바지를 내리니 냄새가 올라왔다. 그녀는 끊임없이 그 신호를 보내려 했나 보다. 따뜻한 물로 깨끗하게 씻기고 옷을 갈아입힌 후, 숟가락으로 물을 입에 넣으려 하자 꿈쩍 않던 손으로 숟가락을 쳐서 방구석까지 날려 보냈다.

그 후
이틀 동안 물 한 방울도 넘기지 않더니
마지막 숨을 몰아쉬었다.

확률 제로

로또 맞을 확률보다 더 어려운 것은, 가보지 않은 길을 갈 수 있는 확률이다. 과거의 선택이므로 현재 그 길을 선택할 수는 없다. 가보지 않은 길의 하늘에는 안타까움이 빚은 환상의 무지개를 얹어 놓거나, '만약에'라는 조건을 버무려 만든 미련의 함박눈을 길에 뿌려 놓아, 길 위의 장애물들을 하얗게 만들기 때문에 가보지 않은 그 눈길은 아름답다.

지난 시절 선택되지 않은 그 길은

사지 않은 로또의 확률이다.

지나간 남자에 대한 상상 같은 것만으로도

눈길은, 미끄러져 넘어질 수도 있다.

서사적 서정과 서정적 서사

이 태 수 (시인)

서사적 서정과 서정적 서사

ⅰ) 복합적인 '마음의 그림'을 그려 보이는 안윤하 시인은 삶의 파토스Pathos들을 다양한 빛깔과 무늬로 변주한다. 서정적抒情的 자아가 내면으로 향할 때는 자기 성찰로 귀결되는 서사적敍事的 서정에 무게가 실리지만, 그 시선이 외부로 열릴 때는 대조적으로 시인의 감정이 이입되고 투사되는 메시지들이 다채롭게 떠오르는 서정적 서사로 무게중심이 옮겨진다.

신선한 발상과 상상력, 첨예한 사유思惟의 결들이 두드러지는 자기 성찰의 시편들에는 소외감과 고독, 이루어질 수 없는 꿈들이 맞물리는 비애의 정서가 곡진하게 번져 흐른다. 하지만 비가시적인 이미지의 가시화와 은유隱喩의 복합성 때문에 이 같은 분위기와 반대로 길항拮抗하는 정서들이 갈등하거나 어우러지는 경우도 없지 않다.

반면 시인의 관심이 외부로 확산되거나 전이轉移된 일련의 시편은 서정적인 정조나 섬세한 묘사보다는 해학譜謔과 걸쭉한 입담이 끼어들기도 하는 서사적인 진술로 기우는 양상을 띤다. 서정적 자아가 작동하면서도 직정적이거나 직설적인 표현이 빈발하는 이들 시편에는 그늘지고 소외된 사람들을 따뜻하게 감싸 안는 연민憐憫과 질박한 휴머니티Humanity가 끼얹어지고 포개지기도 한다.

ⅱ) 이 시집 맨 앞자리에 실린 시 「눈길」은 눈 내릴 때의 길道과 눈雪과 눈目의 유기적 함수 관계를 떠올려 보인다. 내리는 눈이 야기惹起하는 정신적(심리적) 혼돈과 시인이 지향하는 길의 막막함이 서정적인 언어들로 묘사되고 있다. 특히 백색이 덮고 지우고 뿌옇게 보이게 하며, 길을 흐려지게 하고 까마득하게 보이게 하는 비가시적인 현상들까지도 신선한 발상과 감각으로 가시화하는 것 같아 돋보이기도 한다.

눈이 길을
하얗게 덮는다

익숙했던 길에도
소리 없이 백내장이 내려

뿌옇게 길이 지워진다

낯선 길로 바라보는
눈길이
부옇게 흐려진다

외기러기의 눈길이
까마득하다

—「눈길」 전문

　이 시의 첫 연과 둘째 연에서는 소리 없이 내리는 눈雪이 길을 하얗게 덮으면서 익숙했던 길도 지워지는 것을 몰래 깃든 눈目의 장애(백내장) 때문으로 돌리기도 한다. 이어 셋째 연에서는 부옇게 흐려진 눈길(시계視界) 때문에 익숙한 길마저 낯설어지게 하고, 마지막 연에서는 화자를 외기러기에 비유해 시야가 까마득해지는 외부 정황들을 내면 상황으로 끌어들여 들여다보는 것으로 그려진다.

　시인의 이 같은 감각과 감성은 지향하는 바의 동경憧憬과 그 좌절감, 아픔과 비애에 다다르면 각별히 민감해진다. 그의 적지 않은 시편들이 삶의 갖가지 파토스 떠올리기에 주어지지만, 길어 올리는 결과 무늬들은 다채롭게 변주되고 있다. "두고두고/햇빛 비춰주고 싶어서/

속상한 말 쓰다듬고 싶어서/몰래 기대어 울 수 있는/등이 되어주고 싶어서"(『석양』)라는 대목은 시인이 '해'를 얼마나 동경하는지 말해주기도 한다.

하지만 시인이 지향하는 길은 외부 정황 때문에 덮이고 지워지며, 흐려지고 까마득해질 따름이다. 맨발로 산을 넘는 해가 기울고 길은 멀어져 "가만두어도 산 능선은/저절로 눈시울 붉"(같은 시)어진다는 구절이 암시하듯, 석양夕陽 무렵의 노을이 환기喚起하는 비애가 증폭된다. 이 비애는 자신의 처지가 햇빛을 비추거나 속상한 말을 쓰다듬을 수 없고 몰래 기대어 울 수 있는 등도 없다는 자괴감 때문이기도 한 것 같다.

「서쪽으로 가는 노을」에서도 묘사되듯이, 오월에 저녁 비행기 타고 시베리아 상공을 횡단하면서 서쪽으로 가는 해를 따라간다고 여기게 하고, 해가 어김없이 서쪽으로 가면서 기울듯이 자신도 저무는 서쪽으로 비행한다는 생각을 하게 된다.

목적지를 향해 가는 비행기 안에서 이광수의 소설 『유정』의 주인공(유정)과 영화를 통해 보았던 보리스 파스테르나크의 소설 『닥터 지바고』의 여주인공 '라라'가 눈 덮인 시베리아를 힘겹게 걸어가는 모습을 자신의 상황으로 끌어당기고, 봄철에도 얼어붙은 시베리아 동토凍土가 "지지 않는 노을이 얼어있던 가슴과 등 사이 뜨거운 길을 내고 있다"고도 한다. 이런 느낌과 상상은 '지는 해'와 같은 자신의 처지에 대한 성찰과도 무관하지 않은 것으로 보인다.

그렇다면 시인에게 '노을'은 과연 어떤 의미이며, 자신의 내면을 노을에 투영하거나 투사하게 되는 까닭도 '왜'인지 궁금해지지 않을 수 없다.

여미진 구름 속을
볼 수도 없고
볼 사람도 없다
보지 않았는데 보이는 가슴은
아마…

내가 아픈가 보다
좀 많이

—「노을」부분

시인은 "내가 아픈가 보다/좀 많이"라고, '좀 많이'라는 토를 단다. 많이 아프더라도 아주 많이 아프지는 않지만 적게 아프지도 않다는 표현을 하기 위한 어법일 것이다. 아무튼 시인은 자신이 보지 않았는데도 보이는 속가슴에 대해 토로한다. 더구나 자신의 가슴을 '여며진 구름'에 비유하고 "볼 사람도 없다"고, 겉으로는 잘 보이지 않는 아픔과 박탈감(소외감)을 완곡하게 내비쳐 보인다.

앞서 들여다본 시들과는 그 빛깔과 무늬들이 다른 경우지만, 추운 계절의 바다를 불러들여 자신의 심상心象 풍경을 투사하는 「겨울 바다」도 아픔과 박탈감의 연원이 "수평선 건너(너머)에 있"는 '너'의 부재 의식에서 비롯된다는 사실을 은밀하게 시사示唆한다.

　　너는 수평선 건너에 있고
　　나는 여기에서 파도의 고독을 씹는다

　　너에게 가려고
　　목이 쉬어도 잠시도 멈출 수 없이
　　높이 튀어 오른다
　　뾰족한 바위섬에 부딪혀서라도
　　얼지 않고 증발한다

　　(중략)

　　떠다니다가, 떠다니다가
　　두꺼운 옷소매 밖으로
　　네가 흰 손짓을 하는 그날에
　　첫 봄비가 되리라

뼛속 깊이 너에게 젖어

스며들리라

—「겨울 바다」부분

이 시에서 수평선 너머에 있으면서도 '바다'이기도 한 '너'와 '여기'에 있으면서 '파도'인 나는 물리적으로는 가까운 관계일지라도 '너'는 끝내 가까워지지 않는 목마름의 대상으로 그려지고 있다. '너'에게 가려고 목이 쉬어도 끊임없이 튀어 오르며, 바위섬에 부딪혀서라도 얼지 않고 증발해 보지만 '나'는 떠다닐 따름이기 때문이다. '너'가 부르기만 하면 포말이 기화해 다시 내리는 '첫 봄비'가 되어 '너'의 뼛속 깊이 젖은 채 스며들겠다는 결기決起는 이루어지지 않는 소망을 향한 절규絶叫라 할 수 있다.

'너'에 대한 이 같은 목마름은 「눈물」에서와 같이 "소리 없이 너의 창가에서/초저녁 성에꽃으로 핀다"는 변주를 낳기도 한다. 그러나 성에꽃으로 그런 밤을 지새워도 "새벽 새소리에/속절없다고//스르르륵 녹아내린다"는 구절이 말해주듯, '너'와의 만남은 이루어질 수 없는 꿈으로 남게 되고 만다.

'너의 부재'와 그 이루어질 수 없는 꿈은 나아가 자신의 안식처라 할 수 있는 '집'마저도 쓸쓸하고 깜깜한 공간으로 여겨지게 만든다. 귀가歸家 하는 행위를 "붉디,

붉다가 목이 쉬어가는 단풍잎이/가지를 붙잡았던 손가락을 하나씩 편다"는 데 비유하거나 "마지막 비명은 짧을수록 좋다"(「집으로 가는 길 1」)는 좌절감과 절규도 '너의 부재' 때문일 것이다.

갈수록 낮이 짧아진다

집으로 돌아가는 길 위에서
자꾸 뒤돌아본다

(중략)

오고 감이 다 쓸쓸하다
　　　　　　　―「집으로 가는 길 2」 부분

봄 여름 가을
계주의 마지막 주자처럼
겨울로 달려간다

골목을 돌아
깜깜한 집으로 돌아간다
　　　　　　　　　―「집으로 가는 길 3」 부분

이 두 편의 시에서도 귀갓길에서 갈수록 짧아지는 낮 (지나온 시간들)을 뒤돌아보게 하고, 집으로 돌아오고 나섬도 모두 쓸쓸하게 할 뿐 아니라, 귀가가 마치 계주의 마지막 주자처럼 겨울로 달려서 깜깜한 곳에 이른다는 비감悲感에 빠져들게 한다. 이 같은 극도의 비감과 고독은 '너의 부재'와 살아온 날들보다 살아갈 날들이 짧아지는 아쉬움과 박탈감, 이루어질 수 없는 꿈과 맞물려 있는 것으로도 보이게 한다.

iii) 외부 상황과 마주치더라도 궁극적으로는 고독과 짙은 소외감을 반추하게 하는 자기 성찰로 귀결되는 앞의 시들과는 달리 길 위에서 마주치는 사물이나 풍경, 사람들에 대해 관심을 기울이는 일련의 시에는 시인의 생각과 느낌(감정)들이 이입된 메시지들에 무게가 실리고 있다. 이 때문에 이 일련의 시는 서정적인 정조情調나 섬세한 묘사보다는 서사적인 진술로 기울고, 세상을 향한 다소 비판적인 시각의 해학과 특유의 거침없는 입담이 두드러지는 양상도 보인다.

> 깎깎 우짖던 직박구리와 눈 마주쳤다
> 짝을 불러들여, 둘이 합심해서
> 나를 향해 꺄꺅꺄꺅 고함지른다

(중략)

　보증금을 내라거나 월세를 내라거나 집을 뜯으라는 것도 아니고, 이사하라는 것도 아닌데 웬 난리냐 적반하장도 유분수지, 눈에 띄기만 하면 쫓아내지 못해 안달하는 모습에 나 커튼도 못 열고, 햇빛도 못 보고, 창문도 못 열고, 청소도 못 하는 이게 뭐야

—「항복」 부분

　집 앞의 나무에 둥지를 틀고 사는 직박구리들을 마치 이웃 사람들을 대하듯 공동체 삶의 불편한 점과 그 시비를 부각시키는 듯한 이 시는 눈앞에 얼씬도 못 하게 할 정도로 경계심이 강한 직박구리의 속성을 희화적戲畫的으로 그린다.

　실제로는 소통疏通될 리도 없겠지만 "금 그어 놓고 같이 살면 안 되겠니? 깎/그러면 소송하자. 깎깎/그래! 알았다! 깎/네가 산모니까 내가 참을게/네 눈에 안 뜨이게 숨어 살게//반말도 안 할게…/요/까ㅡㄲ"이라고 대화체 문장으로 풀어낸 표현들이 재미있으며, 짐승과 사람을 같은 반열班列에 놓고 결국 화자가 지는 쪽으로 그리고 있는 점도 시인의 마음자리를 유추類推해 보게 한다.

　그런가 하면, 대상과 일정한 거리를 두는 경우에는 대치와 다툼도 화해와 생기 회복으로 바꾸어 바라보는 여유를 보여주기도 한다. 이때의 다툼은 이전투구泥田

鬪狗(자기의 이익을 위한 비열한 다툼)가 아니라 건전한 다툼
과 게임의 개념임은 물론이다.

눈 쌓인 금호강에서
가마우지와 대치하는 왜가리가 있다

오른발 뒤꿈치를 살짝 들고
눈 깜빡하지 않고 째려보다가
왜가리는 긴 부리로 눈을 찍어 던진다

눈가루가 반짝이는 강바람 너머로
허겁지겁, 가마우지는 도망친다

추위 속 싸움은 눈싸움으로 할 일이다

냉랭한 비수기에 접어든 시장 사람들
한 먹이를 두고 다투며 대치하다가
차고 묵은 마음들을 단단하게 뭉쳐 던진다

(중략)

추운 줄도 모르고
던진 사람이나 맞은 사람이나

기어이 웃음소리가 터진다

눈싸움으로 생기를 찾은 가마우지
어디로 어떻게 솟구칠지 알 수 없는
머리를 강물에 담그자
멀리서 응시하던 왜가리도
삼각주 돌무더기에 언 발을 담근다

—「눈싸움으로」부분

    '추위 속 싸움은 눈싸움으로 할 일'이라는 화두話頭로
강가의 풍경을 그려 보이는 이 시는 금호강에서 먹이를
찾아 대치하고 다투던 가마우지와 왜가리, 겨울 비수기
의 인근 시장에서 같은 상품을 팔기 위해 다투고 대치
하던 상인들이 눈싸움을 하면서 화해의 실마리를 찾고
스트레스를 푸는 모습을 신선한 발상으로 형상화한다.
    왜가리가 먹이를 찾는 습성(방법) 비슷하게 먼저 눈싸
움을 걸자 가마우지는 도망치지만 눈싸움으로 되레 생
기를 찾아 먹이 찾기 습성대로 머리를 강물에 담그고,
거리를 둔 왜가리 역시 물속의 돌무더기에 언 발을 담
근다. 시장 사람들도 같은 먹이를 두고 다투며 대치하
다가 눈싸움으로 '차고 묵은 마음들'을 단단하게 뭉쳐
날린 것으로 그려진다. 이 시에는 시인의 "같이 잘 사는
것/그게 최선의 방법이라 믿는다"(「종족 보존 방법」)는 생

각도 작용하고 있는 것으로 읽힌다.

　'사람'이 '만물의 영장'이라 일컬어지는 건. 만물 가운데 가장 영묘靈妙한 능력을 지닌 존재(우두머리)이며, 이성적인 동물이라고 인간 스스로가 규정하고 있기 때문이다. 이솝의 우화寓話들이 동물이나 식물에 인격을 부여해 인간을 풍자하면서 교훈을 안겨주듯이, 시인도 동물과 식물에도 인격을 부여하는 의인화擬人化 기법을 적잖이 구사한다.

　「커피로 본 인간학 개론」이라는 거창한 제목을 달고 있는 시도 그 한 예로 들 수 있다. 다람쥐가 먹고 배설한 커피 열매를 가공해 만든 '루왁 커피'가 인기를 누리자 그 커피의 짝퉁을 사이에 두고도 서로 먹겠다고 야단법석인 사람들에게 지켜보던 짐승이 "내 이럴 줄 알았다"고 야유하는 짓으로 사람들을 풍자한다.

　　일명 루왁 커피가 그것인데
　　포장 봉투에 다람쥐가 그려졌다
　　다람쥐가 더욱 크게 그려진
　　똥 냄새만 입힌 짝퉁 커피가 나타나고
　　인간들은
　　똥 냄새나는 이걸 서로 먹겠다고
　　밀고 당기고 쥐어뜯고 싸울지도 모를

'내 이럴 줄 알았다'고

들짐승 한 마리

충혈된 눈알을 굴리고 있다

　　　　　　　—「커피로 본 인간학 개론」부분

"밀고 당기고 쥐어뜯고 싸울지도 모를" 등과 같은 과장된 어법이 보이기는 하지만, 시인 특유의 걸쭉한 입담과 해학으로 감정이입을 해 '좋다면 막무가내로 좇아가는' 사람들의 세태를 들짐승의 표정을 빌어 풍자한다. 게다가 가짜가 판을 치는 세상이라 짝퉁일수록 겉으로는 그럴듯하게 과대 포장되는 세태를 덧붙여 꼬집는다.

그러나 역시 적잖은 시에서는 긍정적인 시각으로 그늘지고 소외된 계층 사람들에게 연민과 휴머니티를 발산하고, 넉넉한 베풂과 나눔의 미덕을 드러내 보인다. 요양병원 환자의 딱한 사정을 그린「주름 깊은 손」, 문경 석탄박물관에 전시된 사진을 보고 발상한「검은 손」과「깜깜한 손」등만 보더라도 그렇다.

환자복 소매에 깡마른 손이 달려 있다

틀니를 빼고 요양병원 창에 붙어있는

남자의 걱정이 깊다

치매 앓는 아내를 돌봐야 하는데……
연금으로는 병원비 모자라지 않을까?
영양제는 의료보험이 되지 않는데……

떨리는 처방전을 든 검버섯 돋아난 손이
차가운 전화기를 오래 만지작거린다
기어들어 가는 목소리가 끼어들어
손등 주름 또한 바짝 마른 강물처럼 쪼글하다

—「주름 깊은 손」부분

석탄을 캐느라 검어진 게 아니라
속이 타서 시커멓다

(중략)

갱도가 무너져 죽은 손이 되더라도
당장 입에 풀칠해야 하는 삶이
밀린 학자금에 어깨 처진 삶이
보리밥 한 숟가락이라도 더 먹여야 하는
애비의 삶이

오도 갈 데 없어 속이 시커멓게 타는
막장의 손이다

130

　—「검은 손」 부분

막장의 어둠에 집어넣었으나
끝내 빼내지 못한 손이 석탄박물관에 걸려있다.

(중략)

또다시 깜깜한 손!
　호미로 나물죽 캐는 닳은 손, 밀린 학자금에 발 동동 구르는 텅 빈
손, 또다시 나락의 밑바닥을 긁어야 하는
　막장의 저 손
　　　　　　　—「깜깜한 손」 부분

　iv) 한편 시인은 연작시 「여자의 삶은 소설책 열두 권
이다」 등을 통해 일제 강점기의 중국 만주 이주 시절과
그 이후에도 힘겹게 살았던 가족사의 일단一端들을 질
박한 연민과 향토적 정서로 감싸 떠올린다. 전해 듣거
나 잊히지 않는 기억들을 진솔한 서술체 문장으로 보여
주는 이 서사敍事들에는 애틋한 정한이 서러 있으며, 가
족의 갖가지 애환들을 그리면서도 우리 민족사의 그늘
진 단면들도 떠올린다.
　만주 벌판을 개간하며 이주 생활을 하던 당시의 황
무지 개척 노래를 생생하게 되살려 보이기도 하는 「해

방되면—여자의 삶은 소설책 열두 권이다 14」에는 돈을 벌고 모아 부모 형제, 일가친척들이 함께 고향으로 돌아가자는 간절한 바람이 저며 있다. 그때가 오면 함께 귀향하자고 "훤칠한 조선 청년이/이주민 처녀를 꼬드긴다"라는 대목도 흘려 보이지 않는다.

역시 나라 잃고 만주에서 떠돌던 시절을 소환해 보이는 「다시 해방되면—여자의 삶은 소설책 열두 권이다 20」도 그 연장선상에 놓이는 시다. "해방되면 고향 가서 이 한 저 한 모두 풀고 좋은 집 짓고, 비옥한 땅 사고 쌀농사 지어 자식 낳아 배불리 먹이고, 공부 많이 시켜 내 나라 내 땅에서 배 두드리며 살게 하리라"는 간절한 소망과 그 희망 사항들이 구체적으로 서술돼 있다.

한편 「승냥이와 검은 고양이의 시간 통과하기—여자의 삶은 소설책 열두 권이다 15」는 해방된다는 소문이 돌던 1945년 5월, 만주 이민자들의 귀향(귀국)에 대한 기대감이 "만주 쪽 승냥이들의 칼과 조선을 정복한 검은 고양이들의 매운 눈"이라고 비유하면서 중국인의 '칼'과 일본인들의 매운 눈을 벗어나 사람답게 살고 싶은 열망으로 진전된다.

남자는 쌍봉낙타처럼 살림을 지고
여자는 소중한 재산인 아들을 업고
고양이의 눈초리를 피해 두 딸은 숨기고

검은 손톱에 졸아든 심장의 북소리와 송곳니 드러낸 고양이의 검
색, 휘청이는 다리에 거친 손톱자국, 그녀는 업힌 아들 다리를 꼬집는
다 비명 같은 울음이 국경의 시계추를 진동시키고 긴 행렬이 초침 위
에 뱅그르르 돌며 웅성인다

(중략)

코부터 부딪혀 언 땅바닥이 울린다
고개는 삑! 얼굴 반쪽이 피범벅이지만
전 재산을 빼앗기지 않고
통과하였다
　　　　　　—「승냥이와 검은 고양이의 시간 통과하기」 부분

이 시에 등장하는 두 딸은 큰언니와 작은언니다. 역사
적인 변전變轉과 그 질곡桎梏 속에서 성장한 두 언니와
는 달리 고향(대구)에서 나고 자랐으면서도 당시의 처참
한 삶을 '소설책 열두 권'에 빗대 들여다보는 시인의 마
음자리가 아름다워 보인다.
　「작은언니의 잠꼬대—여자의 삶은 소설책 열두 권이
다 6」은 어린 시절 한쪽 눈을 실명했던 일흔다섯 살 언
니의 한恨 많은 삶을 처연하게 그리고 있다. 시집에서
쫓겨나지는 않으려고 '긴 어둠의 터널에서 부은 다리로

재봉틀을 돌리며 살아온 그 언니가 뒤늦게야 중학교에 들어가 '한쪽 눈에만 필요한 돋보기안경'을 끼고도 컴퓨터를 치며 공부하는 모습을 '연못의 개구리'로도 묘사해 보인다. 그것도 연못 한복판에서 떠듬떠듬 헤엄치고, 잠꼬대하면서도 영어 알파벳을 '개골개골' 고함지르듯 반복해서 외우는 '개구리'다.

양장洋裝 기술자인 큰언니에 대해서도 연민의 정을 보내기는 마찬가지나 그 빛깔과 무늬는 다소 다르다. 시인은 큰언니의 재봉틀 소리를 들으며 자라고 학교도 다닐 수 있었으니 그 언니가 어머니에 진배없는 가족의 버팀목이었다. 그런데도 화자의 핀잔을 들어가며 과외 지도를 받고, 일흔에야 중등학교 공부를 시작해 사회복지학을 전공, 팔순에 이르러 졸업장을 받게 됐으니 그 감회가 오죽하겠는가. 더구나

일흔의 도전, 땅거미 기어드는 산마루 앞에 서 있다.

선 채로 어둠을 맞지 않고
산등성이를 넘어가리라.
나 또한 언니처럼

—「졸업」부분

이라고 늘그막 큰언니의 삶을 끌어당겨 바라보고, 그

런 언니를 따르고 싶은 자기 다짐까지도 하게 한다. 하지만 세월은 흐르고 젊은 시절에는 가족의 버팀목이었던 그 큰언니도 팔십 대 중반에 이르러 몸도 정신력도 쇠퇴하고 있으니 "양지바른 창가에 앉아, 아카시아나무 가지를 붙들고 세월에 흔들리고 있(「매달려 있는 낙엽─여자의 삶은 소설책 열두 권이다 19」)"고 안타까워하지 않을 수 있으랴.

큰언니는 여든네 살이다. 작은 키에 등이 굽어 점점 더 작아지고 있다. 그녀의 목소리는 여전히 카랑카랑하지만 볼 때마다 쇠잔해진다. 어느 날 "내 나이가 일흔아홉 살 맞제?" 언니가 뜬금없이 물었다. "아니야, 여든네 살이야." 나는 구태여 수정한다. '어느새 여든네 살이라고!' 한다. 오후 내내 '일흔아홉 살 맞제,' '아니야 여든네 살, 어느새 여든네 살!' 열 손가락 접었다, 폈다를 되풀이한다.

　　　　　　　　　　　　　　　　　　─「매달려 있는 낙엽」 부분

그런가 하면, 「불붙은 재봉틀─여자의 삶은 소설책 열두 권이다 13」을 통해서는 열한 살의 어린 시절 가족의 목숨줄과 같았던 대구 남문시장의 언니 양장점 재봉틀을 화재火災 현장에서 구해내던 기억을 선연하게 되새긴다. 남문시장에 불났을 때 작은언니는 양장점에 남아 잠자고 있었으므로 미친 듯이 어머니, 큰언니와 함께 뛰어간 뒤의 정황과 그 속사정을 이같이 묘사하고 있다.

작은언니를 깨워 높이 걸려있는 옷감들을 당겨 둘둘 말아 안기며 '소전 가에 맡겨두고 빨리 돌아온나!' 언니는 고함질렀어요. 그리고 나의 손목을 꽉 잡고, 불 속으로 뛰어 들어갔어요. 불구덩이보다 더 처절한 아우성으로 불의 아귀를 틀어막으려 했지만 역부족이었지요. 불붙은 재봉틀을 언니와 둘이 맞잡고 구해왔지요. 재봉틀의 발에 밟혀 발등이 짓이겨진 것도 몰랐고 내복만 입고도 추운 줄 몰랐으며 불구덩이의 뜨거움도 몰랐어요. 다만 어머니의 뜨거운 눈물에 우리는 가슴이 데었지요.

—「불붙은 재봉틀」 부분

아버지 여읜 후의 각박한 세태世態도 삽입해 보이는 이 시에는 "아버지 돌아가시고, 연탄 두 장을 외상 달라던 어머니에게 아버지의 친구인 연탄집 아저씨가 큰 소리로 면박 주어, 냉골에서 자던 날 일어난 불이었지요. 몹시 추워서 더 뜨거운 날이었어요."라는 대목은 당시의 처절한 생활을 생생하게 되살려 보인다.

이 연작시 중 「순이 랭면─여자의 삶은 소설책 열두 권이다 17」은 오래지 않아 용정에 갔을 때 해방 후 소식이 끊긴 '순이 이모'를 그리워하며 "살아남은 자가 독립운동가이다/우리말을 잇는 사람들이 역사다/순이 랭면' 간판을/70년 동안 걸어둔 식당 주인이야말로 애국

자다//(중략)//온 세계 낯선 땅에 정착해서/한국말을 대대손손 이어가는 사람들/우리 국민이요, 이모이고 조카들이다"라고 격앙된 심경 토로도 일제 암흑기에 대한 회한의 소산으로 읽힌다.

　노환老患으로 혼수상태에 빠진 어머니에게 아무리 권해도 거부하며 "이틀 동안 물 한 방울도 넘기지 않더니/마지막 숨을 몰아쉬었다"고 자살인지 자연사인지 생각해 보게 한다는「자살 혹은 자연사」도 연작시「여자의 삶은 소설책 열두 권이다」와 같은 맥락脈絡의 시라 할 수 있다.

　어린 시절의 가족 이야기를 담고 있는「국수와 꼼치가 있는 저녁 풍경」두 편은 어둡고 무거운 흐름의「여자의 삶은 소설책 열두 권이다」와는 대조적으로 가난해도 따스했던 기억들을 그리움으로 승화해 반추하는 작품들이다.

　냄비에 하얀 물거품이 끓어오르고 찬물에 풍덩 국수들이 뛰어들면 튕겨 나가던 물방울이 작은 무지개를 만들기도 했다. 연탄불 위에서는 멸치 물이 끓는다. 손으로 일 인분씩 휘감아 채반에 동글동글하게 얹혀 물이 빠질 때 동생의 시선은 국수에 꽂힌 채 걸레질 시늉만 한다.

　　　　　　　　　　—「국수와 꼼치가 있는 저녁 풍경 1」부분

"꼼치!" 오빠가 긴장을 뚫고 입총을 쏘았다.

여섯의 입들이 쩍쩍 노란 입을 벌리며 국수를 몰아 삼켰다. 국물
이 노란 부리 속으로 꿀떡꿀떡 넘어갔다. 꼼뻬이가 되지 않으려고 열
심히 국수를 삼키고 마셨다. 꼴찌는 언제나 엄마였다. 그래서 둥근
자리 치우는 설거지 담당도 늘 엄마였다.

국수라도 있어서 배불렀던 저녁의 은어 '꼼치'가 그리운 건지, 국
수를 먹고 싶다. 매일 저녁 국수를 먹고 형제들은 모두 대궁이 실한
밀처럼 쑥쑥 키가 자랐다.

　　　　　　　　　　　—「국수와 꼼치가 있는 저녁 풍경 2」 부분

'꼴찌'의 토속어(사투리)인 '꼼뻬이'와 '치우기'의 두성
약자인 '꼼치', 저녁 끼니로 자주 먹던 '국수'를 화두로 헐
벗어도 화목和睦했던 가족 이야기를 다소 해학적인 어
조로 재미있게 풀어내고 있다. 끼니를 밥으로만 해결하
기 어려웠던 그 시절엔 국수나 죽이 자주 저녁상에 오
르곤 했지만, 이들 시에는 국수를 먹던 추억이 그리움
으로 따스하고 정겹게 떠올라 있다.
　「국수와 꼼치가 있는 저녁 풍경 1」에는, 다른 장면은
다 차치且置하더라도, "동생의 시선은 국수에 꽂힌 채
걸레질 시늉만 한다"는 구절과 「국수와 꼼치가 있는 저
녁 풍경 2」에서의 "국수라도 있어서"라든가 "매일 저녁

국수를 먹고 형제들(남매들)은 모두 대궁이 실한 밀처럼 쑥쑥 키가 자랐다"는 구절만 보아도 그렇다.

ⅴ) 시 쓰기는 더 나은 삶을 향한 꿈꾸기이며, 그 꿈꾸기는 시의 뼈대와 살을 만들어 주게 마련이다. 꿈은 삭막한 현실적 삶 너머의 더욱 고양된 삶을 올려다보게 하며, 좌절감이나 절망감을 넘어 거기에 오르게 하는 추동력推動力이 되어주기도 한다. 하지만 더 나은 삶을 지향하는 초월에의 꿈꾸기는 철저한 자기 성찰이 선행되고 담보돼야 한다. 겸허하게 자신을 낮추고 비워야만 새롭게 채워질 수도 있다.

시인은 또 다른 일련의 시에서 반성적인 성찰로 지나온 길과는 다른 새길을 지향하려는 결의를 완강하게 내비친다. 이 자세 낮추기로써의 자성은 "오래전 누워서 뱉은 침이/지금 내 얼굴에 떨어진다//나름 정의로워 외친 직설일지라도/메아리로 돌아와/귓가에 왕왕거린다"(「꽃길일 줄 알았다」)는 고해성사告解聖事와도 같은 고백을 대동하고 있다.

자신으로서는 최선을 다했겠지만, 지난날의 시 쓰기에 대해서도 "부케처럼 던졌던 시들도/땡볕 지렁이처럼 길가에/널브러져 있다"(같은 시)는 자괴감에서도 자유롭지 않을 뿐 아니라, 심지어는 새길 찾아 나서기가 "벌을 받으며 가는 길"이고, "쓸며 가야 할 길목마다/수숫대

빗자루를 놓아"(같은 시) 두어야 할 길이라고도 보고 있
다. 하지만 이 같은 시인의 결의決意는

> 장기 기증하려고 해도
> 사용 연한이 지났다고 받아주지 않던데
> 내 몸이 고장 나고 기가 빠져나가면
> 부속품을 새로 살 수도 없으니
> 우두둑거리더라도 억지로 써야겠지요
>
> 죽으면 썩어질 몸
> 살아있을 때 부지런히 몸을 써서
> 나를 둘러싼 그대들 덥지 않게
> 시원한 바람 쌩쌩 불어내야겠어요
>
> ―「한여름의 건강검진」 부분

라는 일말의 비감과 한계를 동반한다. 그러나 "부속품
을 새로 살 수도 없으니/우두두거리더라도 억지로"인들
끝까지 최선을 다해 "시원한 바람 쌩쌩 불어내"려 하며,
고난 속에서도 끊임없이 창작혼創作魂에 불을 지폈던 화
가 고흐의 그림과 생애를 소환해 자신의 거울로 삼으려
는 의지를 보여주기도 한다.

고흐, 그는

어둠을 헤쳐오는 별들과

시퍼런 눈물을 쏟는 인생과

검붉은 유혹에 헤매는 젊음들이

제자리를 맴맴맴 맴돌고 있을 때도

북극성 네거리에서

어깨 웅크린 채 서성이고 있었다

나도

해 뜨지 않는 창가일지라도

머리를 들어 하늘을 쳐다본다

캄캄할수록 또렷한 염소의 눈으로

별을 보고 있다

―「별이 빛나는 밤」 부분

고흐의 〈별이 빛나는 밤〉(뉴욕 메트로폴리탄 미술관 소장)
은 실제 대상을 보며 그린 게 아니라 그가 정신병원에
입원해 있을 때 지난날 '마음눈'으로 보았던 밤하늘을
떠올리며 그린 작품이다. 그의 대표작 중의 하나인 이
그림은 내면적인 소란騷亂과 고통으로 가득 찬 내면까
지 묘사했다는 점에서 시인이 자신의 거울로 삼으려 한
것일까.

어두운 주변 환경과 유난히 밝은 별들이 불러일으키
는 분위기가 호소력을 증폭시키는 이 그림은 당시 고흐

가 겪었던 정신적 어려움과 고통, 고독과 절망의 한가
운데서도 앞날의 삶에 대한 아름다운 희망을 시사하고
있다는 점에서 시인도 북극성北極星 네거리로 따라나서
고 싶었을 것이라는 유추도 해보게 한다. 시인이 느끼
고 있는 현실도 "해 뜨지 않는 창가"일지라도 그 창가에
서 "캄캄할수록 또렷한 염소의 눈"으로 밤하늘의 별(어
쩌면 고흐의 희망)을 쳐다보고 있기 때문이기도 하다.

　또한 한편으로 시인은 여전히 서정적인 아날로그 시
를 선호하는 자신의 시를 첨단과학이 급진적으로 발달
하는 이 시대에 어떻게 비칠까 하는 심경을 감추지 않
는다. "5나노의 AI는/남은 평생 설계하지도 못하고/죽
을 것 같은, 나의 시를 두고/'당신의 시는 쉽게 이해할
수 있으니/이름 없는 시의 탑 기저부는/될 것 같다고 말
해주면 좋겠다"(『반도체와 시』)고 극도로 자세를 낮추기도
한다. 그러나 시인은 다시 내일에의 희망을 번데기의
부화孵化에 빗대어 조심스럽게 드러내 보인다.

　　백일기도로 껍질을 찢고

　　푸르른 여명이 솔잎 사이로 부서져

　　움츠린 더듬이를 비출 때

　　오월, 봄을 건너 내일의 나는

　　황금빛 햇살에 날갯짓하는

　　노랑나비가 될까

새벽 명상에서 뽑아낸

끈적한 말들과

겨드랑이에 감춘 겹겹의 파도에서

뼈까지 푸르러진 날개를 펼치고

날아오를 수 있을까

—「2020 오월, 번데기 일기」 부분

이 시에서의 "황금빛 햇살에 날갯짓하는/노랑나비"는 새벽 명상에서 뽑아낸 말들(시)이고, "겨드랑이에 감춘 겹겹의 파도"는 각고의 노력과 그 인고忍苦의 시간이며, "뼈까지 푸르러진 날개"와 '비상飛翔'은 내일(새로운 봄)의 삶 꿈꾸기와 그런 삶으로서의 '시의 개화'라는 은유로 읽어봐도 좋을 듯하다.

정도의 차이는 있겠지만 인간은 누구나 '나르시스'적인 요소를 어느 정도씩은 가지고 있다면 틀린 말일까. 시인이 요양원 생활을 하는 한 할머니의 나르시시즘을 회화적戱畵的으로 그리면서 "지워진 거울"이라고 표현하기도 한 시 「지워진 거울」을 거듭 들여다보다가 이번 시집의 시 가운데 가장 눈여겨 보이기도 해서 그 전문을 이 글의 말미에 옮겨 본다.

거울에 비친 얼굴을 보고

'니, 누고?' 하던
요양원의 할머니

가끔은
자신을 알아볼 수 없고
거울이란 것도 몰랐으면 좋겠다던
그 할머니

개울에 비친 얼굴에
마음을 빼앗긴다

지독한 나르시스다

몇 마리 버들치가
주름살도, 흰머리도
지우고 달아났기 때문이다

소녀적 얼굴만
어리연꽃으로 남아
물살에 흔들리고 있다

—「지워진 거울」 전문

'거울'과 '개울'은 발음이 비슷하고 얼굴 모습을 비춰

볼 수 있게 하는 점도 그렇지만, '나르시스'에 대한 신화
가 개울과 관계가 깊다는 점에서도 흥미롭다. 나르시스
는 그리스 신화神話에 등장하는 미소년으로 '에코'의 사
랑을 받아들이지 않은 벌로 물에 비친 자기 모습을 사
랑하다가 물에 빠져 죽어서 수선화水仙花가 됐다고 전해
진다.

　시인은 이 시에서 할머니가 거울과 개울물에 비친 얼
굴을 보다가 개울물에 비친 얼굴에 마음 빼앗기는 까닭
을 재미있게 풀어낸다. 우선 거울 속의 자기 얼굴을 보
며 "니, 누고?"라고 하는 사실도 그렇지만 그 말을 사투
리로 표현해 재미있고 감칠맛도 더해준다.

　게다가 치매 때문인지 늙은 모습이 싫어서인지 초점
을 조금 흐려놓는 듯하다가도 할머니가 자기 얼굴이 비
치는 거울을 몰랐으면 좋겠다고 하거나 개울물에 비친
얼굴에 마음 빼앗기고 있어 제정신인 게 분명해 보이는
데다 "지독한 나르시스다"라는 점진법漸進法까지 구사
하고 있다.

　이 시의 묘미는 가히 점입가경漸入佳境이다. 개울의
버들치들이 물살을 흔들어 얼굴이 선명하게 보이지 않
는 걸 "버들치가/주름살도, 흰머리도/지우고 달아"나고
"소녀적 얼굴만/어리연꽃으로 남아/물살에 흔들리고
있다"는 묘사가 예사롭지 않다.

　더구나 이 시는 신화 속의 '소년'을 '할머니'로, '수선

화'를 '어리연꽃'으로 환치해 토속적인 분위기로 변용하는가 하면, '징벌'을 '무상감'으로 바꿔놓고 '애달픈 사연'을 '희화적인 이야기'로 대체하고 있는 점도 시인의 발상과 상상력, 섬세하고 예민한 감성과 감각을 엿보게 한다. 안윤하 시인의 다음 시집도 벌써부터 기대하게 되는 건 이 시의 각별한 여운餘韻 때문이기도 하다.

니, 누고?
안윤하 시집

발행일
2023년 8월 30일   초판 1쇄
2023년 9월 12일   초판 2쇄

지은이   ● 안윤하
펴낸이   ● 김종해
펴낸곳   ● 문학세계사
출판등록   ● 1979. 5. 16. 제21-108호

주소   ● 서울시 마포구 신수로 59-1(04087)
대표전화   ● 02-702-1800
팩스   ● 02-702-0084
이메일   ● munse_books@naver.com
홈페이지   ● www.msp21.co.kr

ⓒ 안윤하, 2023
ISBN 979-11-93001-19-6   03810

이 책은 '2023 대구문화예술진흥원 문학작품집발간 지원'으로 출간되었습니다.